歌集

坂の途中に

阪本博子

砂子屋書房

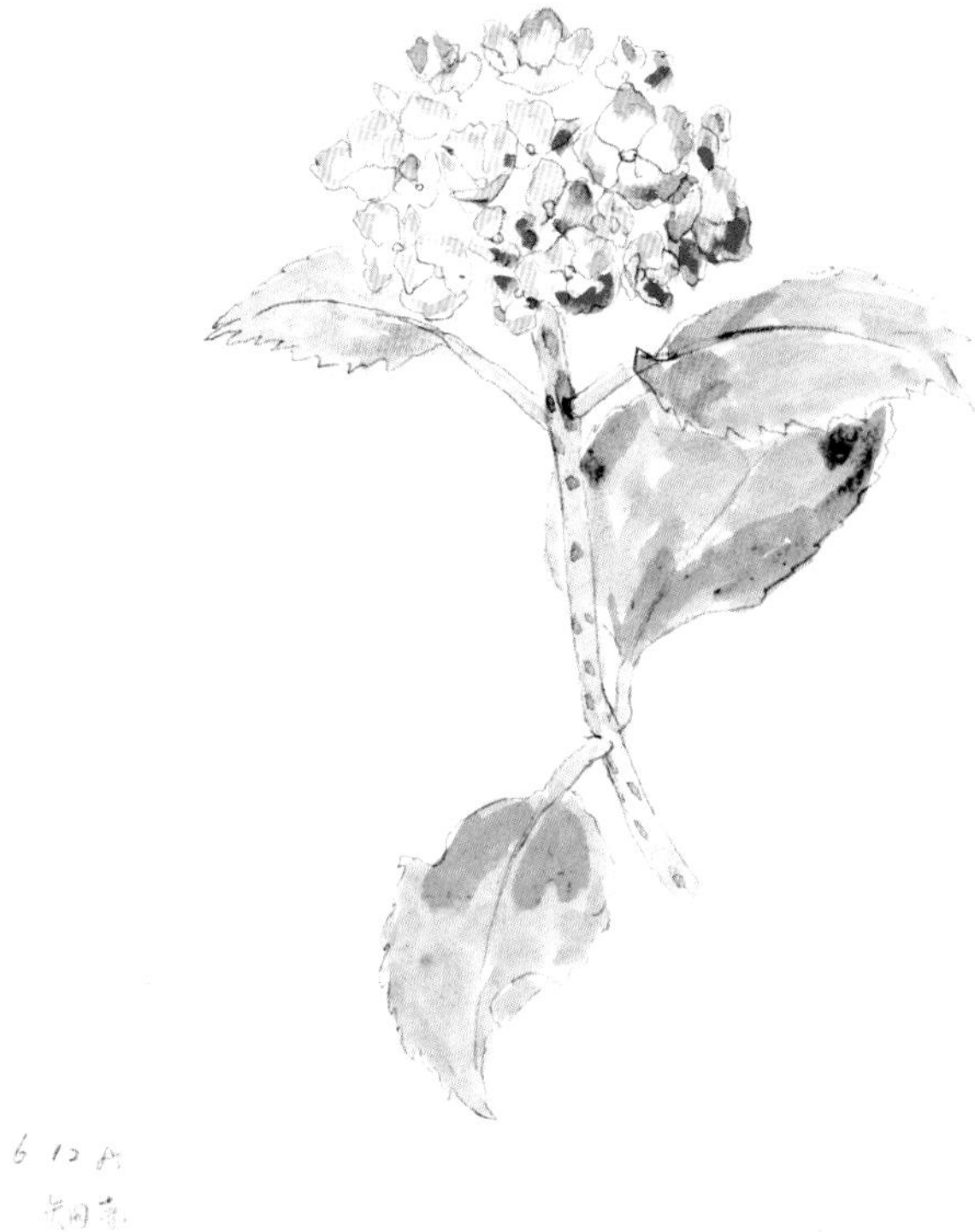

著者画

＊目次

装本・倉本　修

歌集　坂の途中に

さやうなら

さやうならとささやくやうなこゑのして訃報もたらす白曼殊沙華

花の色あはくあをくて喪の色をまとひしづかな秋のあさがほ

忘れられない日が刻まるるこの年の台風二十一号九月四日が

行きに見て帰りにも見るさるすべりその花色に濃淡あれば

瓜あれば憶良思へりテーブルの上に転々黄のまくはうり

三、四日庭に出ぬ間の酔芙蓉　酔ひどれ羅漢が恥づかしげなり

日曜の太公望たちみどり色の水に向かひて距離感微妙

ほの暗き堂に入りゆく日光と月光菩薩に目見えむとして

白秋と言はれ諾ふ十月の白き光に木犀香る

こころもち小ぶりなやうな　この朝の秋明菊に光及べば

晩秋の出口

晩秋の出口初冬の入り口の空を占めたるいちやう散りゆく

光背のありやうめいめい異なれど九体《くたい》阿弥陀仏目見《まみ》の変はらず

法華堂の中の鎮もり脇侍なる日光、月光菩薩の高さ

東よりの風のあるらしさま変へて雲うつりゆく富士の向かうを

山小屋に四日籠もれる君を送りひと日甲府に遊ぶよわれは

武田氏三代滅びしのちの館跡犬たで群るる礎石乾きて

ほんの少し太り始めたうすす月が南の空をわたる　無言に

新米より古米が美味と行きずりの八十翁が語るがほんと？

新築をするほどの額！　台風ののちに出さるる見積り書　嗚呼

〈謹賀新年〉しやちこばるのは得手でなく賀状の文面考へあぐぬ

面差し

面差しが母に似てきて心悲《うら》しショー・ウィンドウーのわれに目を伏す

降誕祭近づく頃に取り出だす綴れ織りのジャケットラメ入りのもの

年越すと思へばかなしわが家のブルー・シートに砂袋の景

心すこし灯さるるやう野の路のきはに山茶花の紅降りつもり

男山を左に見つつ摂津より京へと上る女《をみな》のわれは

藤田嗣治没後五十年展にすべり込む前売り券を手にするわれら

アッツ島玉砕の図を描きたるのちの嗣治は語らず逝けり

乳白の頬に手のひら当てしままカフェなるキキの物思ひやは

こちら向きの猫が寄り添ふ眼をあけて藤田嗣治の描く女性《によしやう》に

美術館の階上に見る東山　しばし安らふ歳晩の身は

大の月

旧年《ふるとし》の色は青色沿線にブルー・シートの青の眩しき

大の月と小の月あり空でなくわれの今年の手帳のなかに

確信犯の二人のわれら九度山に銀杏拾へり手袋を嵌め

アレグロの8分音符も遊ばせてソナタの譜面かくも軽やか

熊谷守一《もり》と呼ばるる人の描きたる白猫が座布団にゐて猫羨やまし

筆圧の高き右手に握らるる鉛筆８Ｂの芯やはらかし

オムライス食べたくなつて赤玉の玉子を買ひにゆく日暮れ時

夜の空に雲のなければ半月に光彩生《あ》るる　マフラーが欲し

「葬」の中に死を潜ませしいにしへの人思ひをり睦月の窓辺

わが庭に落ちし椋鳥死骸《しかばね》を埋めてやりたる日の杳くなり

わが犬の死亡届けをなしたりき一週間の服喪ののちに

伊勢までの路

寒中の窓は細めに開けておく夕べの鐘の流れくるかと

玉造《たまつくり》稲荷神社の権宮司完歩せりといふ伊勢までの路

菅《すげ》の笠作りゐし名残りの菅の田の水澄みてをり都市の真ん中

微かなる風起こすらしわが肩は白梅あえかに香を送りくる

畏れつつ懼れつつゆく通学路、花束ありき目裏《まなうら》去らず

竹の内、暗《くらがり》、水越《みづこし》、大和へと誘《いざな》ふ峠つつしみ越ゆる

ここよりは奈良県といふ道標《しるべ》見て旧道を行く木の下陰を

笠縫邑

荒神さんの札授からむ郎女《いらつめ》も金村もありし笠縫邑《かさぬひむら》に
小さき方授かりきたりぬわが家に火伏の札は小さくてよし

御手洗《みたらし》は石底白く乾きゐる水道凍ると栓閉ぢられて

高野山開かむとして空海の籠もりゐたるところ木々密に立つ

浄らなる風に吹かるる神官の目見《まみ》のうつくし物いふときの

墨色の濃き由緒書き見せくるるヒーターつけて灯りもつけて

郎女の思ひの今は平らけくあれよと祈る火伏せの神に

〈平成〉の昏れゆくときの笠の里蕎麦あたたかし人の心も

雑草といふ花なくて雌日芝《めひしば》や雄日芝《をひしば》咲き出づ地上を統べて

落ち椿朽ちゆくまでのひとときを芝生の上に遷してやりぬ

逢魔が時

葉の丸くなりて柊枯れゐたり彼岸に逝きし父思はせて

おしやべりな鴉と無口な白鷺と夕べ溶けあふ蓮田も枯れて

玄関にさくら花びら連れてきて何か告げゆく風のやさしさ

〈空あります〉売ってください青空を　月極駐車場に花ふりかかる

ポストまで往復十分すこしだけまはり路せむ桜の下を

酔つぱらひのふりにて歩くジグザグと散りし花びら踏みたくなくて

袴など穿きておもしろ若侍、腰折れ家老の土筆もあれば

いま少し土筆を摘みて帰りたし逢魔が時の畑中にゐて

夕ぐれの杉の樹上にもの思ふ鷺の一羽か孤高に立つは

ほつかりと昇りきたれる望の月　孤月にあらずわれが見るゆゑ

孤に生きよ個にて遊ぶが幸ひと熊谷守一《もりかず》、中川一政《かずまさ》わが夫も言ふ

花ざかり

惜しげなく咲きて古道は花ざかり松葉雲蘭《うんらん》ギシギシれんげ草など

慈しむ心にあるや松葉雲蘭の七星天道虫《てんたうむし》を遊ばせゐるは

定家《ていか》葛《かづら》垣にめぐらせしづもりてゐるは紀之国鈴木家の裔

年々歳々山は変わらず靴の紐締めて行きゆくわれら旅人

三界の萬霊弔ふ碑の前にふと立ち迷ふわがたましひが

傘さして夕べの散歩に出でしのみ令和元年五月朔日

炊きたての筍ごはんの水かげん　やつぱり母がゐればと思ふ

この人の母でないのでこの人のおふくろの味　茫々洋々

赤札のコロッケふたつ買はず去る老いの背中の小さく見えて

自らの顔も背中も見ることのなくて生き来し昭和、平成

背勢の欧陽詢《おうようじゅん》の筆のあと眺めゐるのみひりひりとして

微笑みたまふ

ソーラー畑になりてしまひし草原を見ながら視てはいなかつた　春

うかうかとうかうかうかうかと生きてきていま性悪説に傾くわれか

かたくなになりたる心をたづさへて夕べ大樟に寄りゆかむとす

こはばりし心のままに出でゆけば黄花しやうぶの水辺に明る

したたかに生きゆくことの難きこと　いいよひととき負け犬になる

弱きこゑに般若心経《しんぎやう》いくたび称へても昨日の地蔵の貌硬かりき

路の辺のつゆ草束ねて差し出せば今日の地蔵は微笑みたまふ

遠からず飛翔する日のあるならむ　天使の羽はたたんでおかう

このあたりに住まひ候ふ…野村萬斎《まんさい》の太郎冠者なり粗忽者なり

住み古れど方向音痴のわたくしが得たること多々月の出入りに

ブルー・シートのいまだとれない家々の屋根がまぶしい朝の光に

ひまはり畑

お爺さんは山へ芝刈りに…語りくれし父若かりき畳の部屋に

洗濯に行きたるままの媼ひとり還りて来ずや桃食みたるや

対《むか》ひあふグランドピアノを弾くキリン　その背景にひまはり畑

梅雨明けを待ちかねゐたるひまはりは堂の地蔵の供華となりたり

間なくして蓮《はちす》満開になりなむとメールを送る家居の友に

片爪の大きい蟹が棲みゐると満の月仰ぐ蟹座のわれは

いま風が来てゐるらしも夾竹桃くぬぎの上枝《ほつえ》微かゆれゐる

清音に啼けば応ふる蛙あり上の田んぼと下の田んぼに

並びゐて育つにおのづと遅速あり右の田んぼと左の田んぼの

池の上を吹きくる風の気まぐれにゆりてゆらるるわが現し身も

こちらがは

晩柑のふたつ大きく十指もて剝きゆくときに果汁あふるる

花蕊まで白一色に咲くむくげ夏の眼《まなこ》の透きとほりゆく

ひとたびの風来たりなば散りますと白蓮言へり池の水面に

満点の星に遭ひしはあの夏のあの山陰の真夜中なりき

異界への入り口かなと古井戸の井桁のぞき込む山城跡の

竹林のこちらがはにて待ちてゐぬ少し痩せたる月出でぬかと

寝足りないわれを嗤ふや濁音の山鳩啼けり窓の向かうに

長年の労苦に堪へてほろほろの洗濯ばさみに謝してさよなら

薬草を育て来しひと紫草《むらさき》の花見せくるる旧薬園に

脳内のどこかしつかり目覚めよとその香吸ひこむ十薬摘みつつ

薬にも毒にもなれない人のままあればよからむ茫洋として

鬼子のやうに

姉さんがゐればわたくしもう少し茫と暮らせた　今よりさらに

兄ひとり妹ひとりの真ん中にわたくしがゐる鬼子のやうに

木に耳があれば怖ろし木耳《きくらげ》は春雨サラダの中に笑へり

百日朱《ひゃくじっしゅ》と呼びたきほどに藤棚を占めて咲き継ぐのうぜんかづら

わたくしに見られるために夏水仙低く咲きをり庭の片隅

狗尾草《えのころ》とかやつり草の中の白　野蒜は丸き花をかかぐる

トンネルをくぐりて坂を下りゆけばフェンスにいまだ朝顔のあを

たつたいま枝に別れてきましたと桜葉《さくらば》舞へり茶色くなりて

学校の向かひの土手を覆ひたる真葛原《まくずがはら》といふほどの葛

みやこ草池のほとりに咲き満てり京に住みゐし人思はせて

風に立つライオン

風に立つライオンのごとわたくしは城址に佇つ髪をほどきて

なかぞらは平和でいいね山の端をおだしく昼の月わたりゆく

さやさやとさやさやさやと竹林の笹撫でながら風通りゆく

坂の途中に白き木槿の咲き残り無言に逝きし人思はする

七十年よく生ききたり霊長類サル目ヒト科の生き物として

罪のごと見てしまひたり隠元豆《いんげん》がむらさきの実をひそと持つこと

通用門かがみながらにくぐるべし関あることに戸惑ひしつつ

通行人その一として過ぎりゆくJR大阪駅前ゼブラゾーンを

大き蟹餅つくうさぎも棲まはせてどこか親しき望の月なり

望の月なにかあやしき気配あり『十六夜日記』をひもときてみむ

おやすみなさい

吐息でもため息にてもあるまいに闇をやぶりて啼きだす鴉

今日ひと日何して遊ぼ　そんなこと言つてゐるやも鴉の一家《やから》

ざらざらになりたる心がさらさらになるや玉ねぎひたすら刻む

あつけらかんと秋明菊の咲ききたり目見うつくしき少女のやうに

中庭にサルビアの朱が燃えてゐた大学病院この夏のこと

ブラインド越しに見てゐるかもじ草診察室に呼ばるるまでを

明朝の目覚めを信じてゐるふうに軽く言ひをりおやすみなさい

〈今日ひとつむらさき色が咲きました〉母が書きたる朝顔日記

撓みつつ生きて来たれりこの星に肩書なしの一人《いちにん》として

孤島には聖書あるひは万葉集携へゆかむ　寝ねつつ思ふ

坂の途中に

おくればせに秋が来てゐるわが庭の榠樝《くわりん》黙つて紅葉をして

黄金のアルファベットが舞ふやうにくるり降りくる公孫樹の葉つぱ

こころもち小ぶりになりたるあさがほは吾《あ》を振りむかす坂の途中に

伐られてもまた褐色の実をつけて風に吹かるる犬枇杷寂し

磯菊や石蕗あかるく咲き始むわが身の裡を灯せるやうに

弾き応へある鍵盤の真白さよグロトリアンのグランドピアノ

いつもより長湯してをりのほほんと大和当帰《たうき》の入浴剤に

見る夢のさやかにあれと願ひしやメガネのままに眠りをりしよ

とりあへず乾杯しませう二次会はグラスビールの泡に始まる

冬ばらの香に誘《いざな》はれ歩きゆく演奏会にはまだ間のあれば

しばらくは響きやまざり身の裡に「展覧会の絵」の旋律が

近江の湖

十二月なんにもしないいちにちがあつてもいいと雨を聴いてる

一年を句またがりにて旅に出づ去年のあれこれ置きざりにして

歳末と年の初めを遊《すさ》べよと近江の湖《うみ》に抱かれてをり

湖に向きて開くる膳《ぜ》所《ぜ》城の石段洗はる舟つけし跡

片脚のいびつな鳩が群れにゐて城跡の草に餌《ゑ》をあさりゐつ

近江富士ホテルの窓に見るときに独立峰のしづけさ思へり

東塔より西塔、横川までを縦走す、えらかつたねと膝ほめてやる

六時間二万五千歩のいちにちを忘れないよね一月二日

七草の五種まで摘みて帰るなり年の初めの幸多くして

まれに引くみくじそろりと開くとき「大吉」といふ幸いただきぬ

今日の幸畑の際に咲き初めしたんぽぽの黄に足止めしこと

わたしも眠る

ほとほとと雨戸をたたく如月の風よおやすみわたしも眠る

われ知らず拾ひてゐたり木の下《もと》に榠樝《くわりん》がひとつ転びてあれば

わたくしに見られたるのみ冬ばらは一輪咲けりすこし傾ぎて

白梅通りと名づけて歩む畑の際　百円野菜のかぶらいただく

永遠のゆりかごならむ空蟬は睡りてをりぬ紫陽花の上《へ》に

生ぬるくなりし湯たんぽ明け方は温めてやる足にさぐりて

堂内の供華の水仙傷まぬを不思議の国のやうなと見てゐる

しだれ梅の盛りの丘に登りきて息を整ふ荷物を置きて

花終へて実も終へてのち山茱萸《さんしゆゆ》はまどろみてゐむ力を抜いて

越前や淡路島まで訪はずとも庭の水仙いま花ざかり

そこはかとなく立ちのぼりくる山茶花の香に励まさる郵便局まで

夕ぐれの空

風なくて音しづかなる春の雨傘に受けつつ出でゆく夕べ

紅白の葉ぼたんことごとく闌けたれどいまだ明るし夕ぐれの空

草分けて登りきたればゆくりなく白い椿の落ちくれゐたり

三月の予定ことごとくなくなりて山の辺の道に出でゆく　三度《みたび》

石上《いそのかみ》神宮の社鎮もりて柄杓にすくふ手水の甘し

浄財を集めまはれる神官の袴の裾のあをも尊し

天皇陵めぐれる壕の水の澄む倭建命《やまとたける》の涙を沈め

たんぽぽも土筆もみんな大きいぞ大和の野辺にウィルスのなく

紀伊國屋書店の本の森のなか迷ひゐたれり日曜ま昼

旧街道の八百屋の店先小みかんの一山三百円が積まれて光る

狭山池

一年に一度くらいが程よしと行基にまつはる池に訪ひ来ぬ

龍神社の石の鳥居をくぐりたり池一周せむと思ふこころに

わたくしを誘《いざな》ふやうに花びらがひとり舞ひつつ草の上《へ》に落つ

とき来れば咲きて無言に散るさくら　かくありたしと幹に寄りゆく

対岸の花色濃しと寄りゆけば花蕊の紅が空向きてあり

僧行基がやがて菩薩と呼ばるるを諾ひてをり果て見えぬ池に

日本最古のダム式ため池思ひ立ちし行基は知るや今日のさくらを

重源もかかはりゐたりと書かれある証の今は博物館にあり

「狭山池さくら満開委員会」植樹のコシノヒガン標示板《プレート》小さし

コシノヒガンの花の下にて標示版を読みたるのちに花しかと見る

このさくら植樹されしはわたくしの結婚記念日　縁《えにし》といへり

貯水量二百八十万m^{3}満水面積三十六ha《ヘクタール》とぞ池に水満ちていま春

通院の帰りに巡る周遊路二・八五キロメートル八千歩あまり

午後の陽は頬にきりきり差しきたり痛しとも眩しとも夏のま近し

今散りし花びらのさき紅の濃しよ手帳に挟みて帰る

財団法人黒田緑化事業団一万一千九百六十一本寄贈したりと

この池にかつて会ひたるみやこ草今年は咲かず草の刈られて

いま登り初めたる白き満月を示しくれたり背後の君が

「わたくしはここよ」和泉山脈とＰＬ《ピーエル》の塔の上に望の月笑む

この年のさくら見これにて果たせりと池経《へ》めぐりてのちの夕焼け

麦畑ゆれて雲雀は翔びつづく休むことなきゴッホのひばり

飲み比べこれと決めたる黒ラベル、サッポロ麦酒《ビール》を日々愛飲す

やはらかな爪

庭隅に鳴きゐる仔猫思ほえず拾ひあげたり草生《くさふ》の中より
いまだ目の開かぬ猫なり手のひらに包めば足掻《あが》くやはらかな爪に

生きやうと意志つよければ生き抜かむ臍の緒末だつけたる猫は

スポイトを買ひてきたれりピジョン製ＳＳサイズの乳首大きく

四日目の朝小《あした》さくころをあげわが手のひらの中に息絶ゆ

世の中を見ることなしに逝きし猫あたたかかりしか汝にひと生《よ》は

わが愛でる椿の元に埋めやりぬ庭の紫蘭や花々添へて

諡名《おくりな》はマメと決めたり名も呼ばず逝かせたることあやまりながら

逝かせたる猫のこゑかと立ち止まる草原のなか鳥が啼いても

わたくしの原風景に一重《ひとへ》なるやぶ椿の紅あかあかとある

たんぽぽは絮《わた》となりたり捩摺《もぢずり》の咲き出す頃かと芝原をゆく

ギシギシ生える

来ないでね、言はれてゐるやう駐車場閉鎖中なりギシギシ生える

家中のカーテン洗つて乾かして濃いめのカルピスに咽喉《のみど》うるほす

来てもいいよ、言はれてゐるやう駐車場鎖の解かれもう木下闇

龍王山、大和葛城山《やまとかつらぎ》、明神山…マスクに喘ぎ登頂したり

一輪草、武蔵あぶみや山法師、誰《た》が見るなきに咲きゐる羨《とも》し

涼やかに白きが〈深山の山牛蒡〉と教へられたり山のをのこに

やはらかなよもぎの葉先を摘み帰る入浴剤はこれに足らふと

水田を畑にと耕しかへす人　法隆寺の鐘日々聴きながら

めげさうな心持ち上げ歩かうと土手へ出でゆく昨日も今日も

一日が一週間が疾《と》くすぎる爪ばかり抓《つ》む夏と思ふよ

蕊を摘む

あたらしき思ひにて食むこの年の白桃、西瓜、葡萄などなど

さりげなく書き始めたる見舞ひ状小さくなりくるはがきの文字が

口紅をひかなくなりし口元のほぐれこはばる家居の日々に

想念のまとまり難き文月のなだれてゆくや雨季長くして

水無月の朔日《さくじつ》水引草の咲ききたりパンデミックに関はりもなく

学生の気配少なきマンションに光あつめる山梔子《くちなし》の白

時を得て開ききたれる鬼百合の蕊《しべ》を摘みとる袖に染むよと

咲き盛る百合の花蕊を摘むことも人はするなり己が都合に

放課後の吹奏楽《ブラス》の練習なくなりし制服の子ら明るく帰る

空をゆく鯨が潮を吹くさまに似てゐる今日の夕茜雲

笛吹の川の流れを詠ひたる山崎方代《ほうだい》さんを今に思ふよ

八月の空

知覧茶の茶葉のみどりのその色に思ふことあり窓辺明るし

日の暮れを水にまどろむ睡蓮の葉に乗りたがる赤耳亀は

音高くたたいてのばして空に干すコットン85%の夏のブラウス

花筒の花からからと乾きゐて無沙汰を詫びる君の祖霊に

今朝剪りし菊の黄色も手向けとす精霊たちも香を嗅ぎに来よ

寄るべなきわれら二人の訪ひくるを苦笑してゐむ黄泉の人らは

黄泉《くわうせん》に咽喉《のみど》渇くといふ人にせつせと運ぶ手桶の水を

白檀の香の煙の昇りゆくしばし無音の八月の空

今は亡き父が育ててゐし頃の霧島躑躅の鉢をわが持つ

五里霧中昨日のわれは知らざりき仏の前の今日のわたしを

上弦の五日の月も沈みたり霧の歌など思ひゐる間に

北へと向かふ

風が来てひとときここに舞ひゐたるさま思はせる稲田のくぼみ

密なれば息苦しいと雲たちもおのもおのもに北へ向かへり

9時よりは仕事時間と思ひつつ愚図愚図愚図と社説読みゐる

はがきといふ長方形の裏面に励まされをり秋のひと日を

嗚呼またもかゝどまがかいゝかまどゝに見ゆる日の夕べ老いたる眼《まなこ》がすすむ

ねばならぬねばねばならぬといふ朝の窓辺に刻むオクラのみどり

遺失物係の人に尋ねたし置き忘れ来しわたしの　こころ

これの世にありて佇む運不運　打たれつづくる木魚のつむり

忘れない　秋の彼岸に逝きし人　さびしすぎたねこの世あなたに
忘れない　五月五日に逝きし犬　忘れないでと言ひゐるやうで
忘れない　「忘れな草」の旋律を、すこし照れつつ弾きたることも

十月の雨

波板にはらぱらはらはらと降りきたる遠慮がちなる十月の雨
あかあかと祭り提灯ともれども旧街道に人影のなし

ご詠歌のやうなと聴いてゐたりしが祭りばやしの今になつかし

集落のどこかで密かに奏でゐむ祭り太鼓と祭りの笛を

黄泉路《よみじ》よりよみがへりくる人もゐむ祭りばやしが奏でらるれば

わが耳が先づは覚めくる東雲《しののめ》にハトとカラスが啼きだすときに

七音や五音や二音カラスらは互ひに交はす鴉のこゑに

なかぞらに五音に啼ける鴉ゐてカラス応へる間合ひをあけて

真実は神様のみの知ることと雲なき空を仰ぐ　ときをり

水都の秋

ああ眠い怠《だる》いしんどい気怠《かったる》いファジル・サイ弾くバッハに目覚む

無防備な朝《あした》の耳に入りてくる幻想曲二短調のなんと狡猾

薔薇の香の微かにかをる遊歩道　水都の秋をそぞろに歩く

川沿ひの風やはらかし夕ぐれの祝祭劇場《フェスティバルホール》までの路々

こころ弱くなりたるわれに〈運命〉が降りてきたれり交響曲の

ひまさうなトロンボーンの奏者ゐてここぞの時に金管光る

楽曲は終はりに向かひおのおのが耳あからめて*f*《フォルテ》・*ff*《フォルティシモ》

遠き山に落ちゆく秋の陽のやうにドヴォルザークの九番うつくし

この秋のひとつ思ひ出日々下る坂の途中の紫苑のむらさき

野紺菊のうす紫の花の名を教へられたりやさしきこゝろに

路の辺に摘みつつ帰るむらさきの野紺の菊と秋のたんぽぽ

冬が来る

もう冬が冬がくるよと公園の桜はらぱら葉を落とし初む

犬枇杷の実の幼くて空を向く天に捧ぐるおもひあるべし

撒かれたる星のかけらとおもふまで歩道に光る銀の木犀

公園にどんぐりばつと散りたればばりばりと踏む靴も泣きつつ

炎天の一夏を経たる柿の実は夕陽あつめる小さな丘に

ためらひののちにゆつくりすべりゆく雫といふは　外は時雨て

すべもなく訃報のはがきを重ねゆく　一枚二枚そして三枚

絶滅の危惧種かわれら冬空の雲の下にて歌詠むわれら

葉をすべて落としきりたる柿の木は遊びてをらむ万歳をして

遊びたしされど遊べぬ宿題の片付けられぬ子供にあれば

宿題はおおかた終へて歳末は物見遊山に行きたし　されど

半月ふたつ

図書館に行くのですねと坂路にこゑをかけらるやさしき人に

ていねいに生きてゆくことたとふれば洗濯物を四角にたたむ

ていねいに生きてゆくことわたくしは年賀はがきに一言添へる

紙とペン辞書とピアノを背に負ひて旅に出でたし木を見るために

おだてられ大樹に登り月を見る角《つの》なき牛はねむりそこねて

楽出家くらいがほどよし明日香にも遍路にもゆく空仰ぐため

ものがみな滲んで見ゆるこの夕べ半月ふたつ　得したやうな

真夜中の月を見たいと思ひつつ寝《ゐ》ねてしまへり気だるさにゐて

よごれたる耳と心を洗ひたし森のなかなる水の流れに

幽かなる水の流れのあるところわたくしだけの音聴きにゆく

水流は幽かなれども疲れたる耳と心は浄められをり

空と言ふ犬

生きゐれば二十九歳、そんなことあり得ないのに　空《くう》といふ犬

本棚の最上段に置く犬の写真がもの言ふこと減りて来ぬ

ときをりは見上げてすこし会話するいまだ白木の犬の位牌と

写真《うつしゑ》の中なるソファに伏せながら犬が見てゐるわたくしの日々

わたくしが鍵を持つときうわんと吠え一緒に行くと言ひたり犬は

気がつけば空ちやん行くよと言つてゐる十三年も経つてゐるのに

玄関の鍵開けながらのひとりごと空ちやんただいま犬ゐるやうで

わが犬の匂ひたつぷり滲みてゐた車《パジェロ》もうない空ちやんごめんね

犬用の蚊取り線香捨てきれず犬舎《ハウス》のなかに置くよ今でも

犬用の蚊取り線香成分が犬にやさしくかをりもよろし

いつだつてたたきそこねるわたくしの貌に寄りくるか弱なる蚊を

処方箋

生きてあらば九十五歳になる筈の父よごめんねお墓にゆけない

虫一匹わがうちに棲むその虫が嫌だと言ひて光を放つ

体内の痛点いくつわたくしの裡がはの人が辛がつてゐて
くたびれてしまつた私に処方箋いちまい下さいやさしい色の
花蘇芳、山茱萸、満作庭にゐて見送りくるる出でゆくときに

〈正常な体温です〉と言ひくるる機械のこゑよくたびれないか

もの言はぬ羊、鰯の大群が過ぎりゆきたり夕陽のなかに

ああお前は何をしてきたのだと言はれをり在りし日の中原中也に

中指の第一関節ペンだこを時に撫でゐる人に言はねど

中之島中央公会堂の地下室にチェロ弾いてをり若き日のわれ

夕べの石

さつきまでたれか坐つてゐたやうな優しさのあり夕べの石に
しばらくは真珠の月を見ざることゐねて思へり春の嵐に

憂愁のかたちとなりて密度濃きカリフラワーの白き蕾は

なかぞらに羽ばたきたいと手のひらを広げ始める白木蓮は

老いゆくはかくなるやうな　咲ききりてしどけなく散る木蓮も人も

風強きひと日にあれど空あをくたんぽぽ今日は大きく嗤ふ

毎夕べ天気予報を確かめる晴れて何するつもりあらねど

記念日にわきてももらひたきものは園辺生花店の一本の薔薇

お爺ちやんのあんな歯がいい硝子器のなかの入れ歯を欲しがる姪は

飄々《へうへう》と髪長くして洒落者《しやれもの》の少し出つ歯の宇野君が好き

前歯出す馬が嗤つてゐるといふ　馬のこころを知らざりわれは

松葉雲蘭

病院の裏庭枯れがれさりながら松葉雲蘭幽けく立ちをり

〈雑草《あらくさ》と呼ばず愛でてよ〉淡むらさきの松葉雲蘭ささやくやうな

外来種を厭ふなかれとわたくしは松葉雲蘭に目をやる　いつも

診察の第一声に松葉雲蘭《うんらん》を告げ得ず終わる　こころ弱さに

鍵盤《キー・ボード》たたきながらに「どうですか」訊くより脈を診てほしいのに

清算も薬の処方も九十分待ちとぞ本を持つてくるのだつたね

病院の中庭四角なあを空をわたりゆく雲しばし見てゐる

なかぞらに雲を追ふ風あるならむ　不思議にしづか地に花満ちて

家庭《いへには》に成りもの植ゑるはよろしからず母告げたりきその母の老ゆ

祖母ありし家のさ庭に摘みくれし茱萸《ぐみ》、ゆすら梅今に思ふよ

祖母ありし家のさ庭の片隅の弁慶草の地味ながら　花

草かんむり

あぢさゐの葉つぱの上に降る雨はやさしいと思ふ水無月の午後

草かんむりにまぎれてゐたしほよほよと茅花の銀の穂波のなかに

踏みてゆくことは痛しよ六月ののうぜんかづらの朱のこぼれゐて

数千の蟻の兵隊連なりて三温糖の壺の混沌

鬼ぐるみ鬼の醜草《しこくさ》鬼ころし鬼とつくものなべて親しき

今日は夏至、白桃の香に誘《いざな》はれ歩いてゆきたし日は昏るるとも

すつかりと老い深めたるたんぽぽの白き絮毛を攫へる風が

地上より消えてゆく日のわたくしにこんなに静かな風吹いてゐて

うしろ前に着てゐたTシャツ着心地がどこか変だと思つてはゐた

前方の人がマスクをしてゐるか、わがまなざしのかなしくもあり

右向け右、前へならへを苦手としひとり歩いてきたれり　長く

半夏生

七月六日今年の合歓の花を見る優しくならう今日は受診日

こんな所あんなところに祠あり手をあはせ過ぐ心のなかに

おほよそは一里半ほど毎夕べ右回りにて歩める　里を

日々《にちにち》に白を増しくる半夏生生《お》ふるあたりを励みに歩く

わたくしが過ぎりてのちにおもむろにこゑ立て始む池の牛蛙

犬や猫、父や母の名おもひつつ般若心経称へる　地蔵に

わがものと関はりあらぬ枇杷すもも熟れゐるところ一人に歩く

傘の上にぽつりぽつりと降る雨を手応へとして歩きつづける

やがて米、何億粒になる稲が風にゆられて夢を見てゐむ

最北端

初蟬を聴きたる朝《あした》そののちのさらなる静寂《しじま》に耳傾ける

禾偏《のぎへん》の林のなかに棲みてゐたし　にんげんのこゑのとどかぬところ

「最北端《さいほく》の白です」礼文うすゆき草　花ガイドの鼻ぴくり動けり

花々の冠詞の「最北…」どの花も礼文《れぶん》島の固有種　覚えきれない

このあたり米のとれない所にて礼文うすゆき草のすずやかに咲く

千島フウロ、蝦夷《エゾ》の猪独活《シシウド》、蝦夷甘草《エゾカンザウ》　短歌手帳の空白埋まる

「殺虫剤トイレにどうぞ、毒ですよ」バイケイ草の高々と立つ

疲れたる脚を励ますキンバイ草、赤紫《マゼンタ》色のチシマゲンゲも

花ガイドの指差すところ最北端の花に寄りゆく君のカメラが

せせらぎの音の聞こゆる下り坂耳は寄りゆく左の耳が

久米寺の猫よこの次訪《おとな》へばまたわたくしに寄りくるるだらうか

二重のマスク

遠慮がちに咲き始めたるコスモスにこゑをかけゆく角曲がるとき

南向きの地蔵菩薩に預けたる犬のたましひ猫のたましひ

ガラス戸を難なく開けて入りくる猫と眸《め》があふ夢の不思議に

術《すべ》もなく雨に打たるる秋薔薇のひとつふたつに寄りゆく今日も

刈りたての草の芳《かんば》しこの夕べ われの嗅覚まだ生きてゐて

ヘルベルト・V《フォン》・カラヤンの横顔のやうな青鷺ふいに飛び立つ

人流のひとりとなりて日曜の大阪駅前歩くわたくし

阿闍梨餅、けし餅、くず餅、さくら餅　デパ地下さすらふ二重のマスクに

肉食系の蟻かとおもふ食卓へ上がりきたりて吾《あ》を刺す族《やから》

肉食系の蟻かも知れぬ落ち蟬をわつさわつさと曳きゆく　群れて

肉食系の蟻んこにしてわらわらと砂糖の壺に溺れてゐるは

山法師

山法師の実のたわわなり固き実はけふわたくしに見られたるのみ

大粒のぎんなんぼろぼろこぼれをり仏教伝来以前の社

山路に摩訶不思議なる落としもの靴の片方雨に降られて

公道に摩訶不思議なる落としもの片手の軍手　昨日も今日も

インドでは鴉も瞑想するといふ頭上のカラスはだみごゑに啼く

劣化するこころとおもふ靴箱にしまひ忘れたブーツのやうに

くたびれたTシャツいまだ捨てられぬピアノとキリンとひまはりの絵の

くたびれたわがたましひに見せたきは赤胴色《あかがね》の明日香の夕陽

おもしろい人がゐるのね、すり硝子の窓の向かうで体操をして

もつれあふ白蝶ふたつ窓の外ウィルスのない空がまぶしい

座り込み毛玉をとつてゐた母よ今わたくしもするよ窓辺に

黒柴犬

黒柴犬《くろしば》ですか、いえ雑種です十歳の、しからば道を譲らう　今日は

羊飼ひの少年いづこへ消えたるや空の深処《ふかど》に羊を置いて

端境《はさかひ》といふ季の午《ひる》をのどかなるつはぶき、いそぐ秋の陽を浴ぶ

西向きの壁にもたれて何とせう　たいくつさうな竹の箒は

地下街を出できて「ああ空が…」言ひたる友のそののち何処《いづこ》

文房具好きのひとりに貰ひたるシャープペンシル死ぬまで使ふ

けふ知りし言の葉いくつ新聞に半的《はんまと》、白刃《はくじん》、持丸《もちまる》、管炭《くだずみ》

スポーツの、勤労感謝の、文化の日　ああ忙《せわ》しないこの世といふは

富士浅間神社

位ここに極まりたれば果敢なしとうなだれてゐる皇帝ダリア

極北の白くま雪子に遭ひたいと〈旅物語〉ひもとく師走

しばらくを疒《やまひだれ》なる中にゐて空《そら》物語に遊びてをりき

極北を訪ふことなくて富士山に目見える師走　もう雪が降る

目覚めたる浅間《せんげん》神社の大杉にしづくしたたる昨夜の雨の

二礼ののち二柏手《はくしゅ》一礼てのひらを合はせて祈る…あとは言へない

〈祓へ給ひ清め給へ〉よいことがなかつた今年　私に暴風雨《あらし》

〈守り給ひ幸《さき》はひ給へ〉よき写真撮らせ下され木花之開耶姫《さくやこのはな》

あのとき

あのときと同じでせうかこの夜を屋根をけやきを撫でて降る雨

雨と雪、霜と霧氷を綯《な》ひ交ぜて山の天象こもごもの怪

白鳥はかなしからずやみづうみに朝の翼を調《ととの》へながら

まんまるの月が出でくる本栖湖の茜に染まるを見終はりてのち

手袋を失くしましたとかなしかり　旅の終はりの暗闇にゐて

私まだ見放されてはゐないかも、クマの手袋片方出で来

お正客《しやうきやく》、お詰《つめ》、亭主のときは過ぎ松風ただに吹くお正月

小寒《せうかん》の空のもととなる朝顔の花の終はりのむらさきの小

傘のうち

信号機の赤が滲むよ傘のうちに人おもひつつ歩いてをれば

ロレーヌの塩に焼かれし塩パンに魅かれゆくのも縁《えにし》といへり

裏庭にひよどり十二羽ゐることを告げ得ず終はるけふの出会ひに

夜ぢゆうを雨かんむりの下にゐる物干し竿よ寒くはないか

愚痴ひとつ放り投げたき夕の空　知らんふりして雲はゆくとも

あの空の羊の仲間になれたならむしやらむしやらと草を食むのに

ある時は和泉式部にある夜は紫式部に御燈明《みあかし》あげる

鴉もひとり

日々《にちにち》を生きゆくことはめんだうで死ぬのはさらにめんだうくさし

さくらまだ睡りてをりぬきさらぎとやよひの間《あはひ》の山にしあれば

二上山《ふたかみ》の峯高ければ頭《づ》の上をわたる鴉の大きく近し

一羽来てしきりに呼ぶよもう一羽やつぱりさびしい　鴉もひとり

聴きなれしわが鴉らの啼きごゑといささか違ふ山のからすは

風情なき展望台の黄の手すり錆びてわれらに見す大阪湾を

山頂に最後の人となりたれば明石の海が夕焼けて来ぬ

眸《め》をこらし見をれば雲間に虹を見す　日没まへの渾身の陽が

がんもどき

ひそやかにアケビの花の咲きてをり籠もり書を読む明けぐれの間に

マンサクと山茱萸、紅梅、白梅と華やぎてゐるわが春の庭

散り際を思ふことあり陽の下《もと》にイヌノフグリを踏み来たるとき

五月五日立夏友引こどもの日われには犬《くう》を喪ひたる日

陽炎にかすむ脳内がんいいい、もどきといふ言の葉ひとつが出でて来ぬとき

泥つきの牛蒡三本けんめいに削りて為すよごばうのきんぴら

夜の薬、朝の薬と選り分けて小皿に載せおくお菜のやうに

晩年近し

たれ待つと何を待つとや毎夕べ　天気予報を確かめながら

天上と地上のあはひいくたびか往きて還りぬ　けふ旅日和

行儀よきソーラー・パネルを載せてゐる学生寮の窓辺のしづか

川べりのうす暗がりに呼ばれをり私はここよと小手毬の白

大和川、淀川、武庫川、芦屋川　超えて来たれり小さな歌会

母よりの賀状出で来ぬてのひらに包みてしばしまた仕舞ひおく

このところ母さん指のひりひりと痛むは母が呼びゐるのかも

鼻の脇ふくらます癖がわが母に似てきてわたくし晩年近し

長らくを父似ばかりと思ひ来しこの頃わたくしいくぶん母似

父逝きてのちの幾年をりをりに旅寝をしたりひとりの母と

ぽつねんとご飯の固さを言ひましし母ようやくわたくしも知る

あとがき

第二歌集を出すことになりました。ぼんやりしていたつもりはないのですが、前回二〇〇六年から十六年も経ってしまいました。歌が相当数溜まっています。取りあえず二〇一九年一月に発表したものから約二年半の作品を制作順に並べました。所属結社の「作風」誌に出詠したものが中心になります。

結社では花筏賞と薔薇祭賞を、紀伊風土記の丘を詠んで金賞を、松阪では本居宣長賞を、平泉、中尊寺西行短歌祭では岩手放送賞を受賞しました。その頃は大当たりで、トラックに追突されるというおまけもつきましたが。

第一歌集を出してしばらくして、十六年間ともに暮らした甲斐犬のソラン・空子を亡くしました。富士山の撮影でお世話になった三つ峠山荘に生まれた甲斐犬の仔犬でした。仕事の合間を縫って富士の撮影に通いつめた夫も退職しました。縛りが解けてますます富士山の撮影に集中できるようになった筈なのに、最近は意外と明日香、榛原、大宇陀、熊野地方、京都方面などへ通うことの方が多くなったように思います。いつも後部座席に乗せ、犬の匂いの滲みていたパジェロも二台乗り換えました。今の車に犬の匂いはありません。

結婚したとき、あなたはカメラ未亡人になりますよ、覚悟なさいと歯科医の先生に言われたことを思い出します。その先生も診察の間を縫って写真撮影に没頭される方のようでした。その言葉通り私も夫の三脚の立ててある湖の周囲や山の林道などで、富士山を見ながら犬と撮影の終わるのを待つ生活を長く送りました。北へ向かうか西へ行くのか。天候、雲や太陽、月の位置、時々の花の咲き具合、朝、昼、夕食、今日の泊まる所も決まらない放浪の撮影の旅。犬の餌、飲料水、非常食、果物、雨具、防寒具、文庫本等々、あらゆる備えをして車に乗る習慣もつきました。おかげで普通の人がなかなか出遭えそうもない富士山の自然現象の数々にも遭遇することができました。

六十年近くカメラだけを持つ夫は、ひとたびカメラを手にすると、後ろで待っている犬と私のことは頭から飛んでしまうようです。夕陽が落ちきって、二焼け、三焼け、とことん茜が消えるまで、また夜景を撮り終わるまでカメラは仕舞いません。時代がフィルム・カメラからデジタルになり、撮り方も変わりました。なおさら作品数が多くなり整理のしようがなくなり、作品展は開催しても、念願の写真集が中々まとまらないようです。

本当はそれを進めてもらいたいのですが、重い腰が上がりそうにありません。傍らにいて私もぼんやりしてはいられない、とようやく作品を纏める気持ちになりました。詠草を見直しながら、十五，六年という年月は短くないと実感しています。詠草を入力しながら、捨てる歌を選ぶのに難渋しています。みんな愛着があり削れないのです。

そんなこんなで今回は異例ですが、二〇〇六年から二〇一八年までの作品はひとまず横に置いておくことにしました。わたくしの体内の細胞もおそらくかなり入れ替わってしまっているのでしょう。自身の歌の詠み方も歌に対する考え方も少しずつ変わってきているのではないかと思います。なのでそれらの過去の歌はこの歌集を出した後にどうするか考えます。歩いてきた道のりですから愛着のある歌たち、詠まなかったことにはできないので、次の機会を待つことにします。

ほとんど捨てることのできない歌たち。自画自賛ですがお読みくだされば幸いです。遺された時間がどれくらいあるのか、神様にお任せするしかありません。ですが、タイトルはまだまだ人生の「坂の途中」にあるような気がして、という意味でつけました。

口絵は結婚前に描いていた絵の中から選びました。久しぶりに陽の目を当ててやることができます。

歌会で率直な評をして下さる方々、作風社の金子貞雄代表はじめ、わたくしを見守って下さる歌友の皆様、また今回素敵な本にして下さる砂子屋書房の田村雅之氏はじめスタッフの皆様、装本の倉本修氏に心から感謝いたします。

二〇二二年五月二十日

阪本博子

著者略歴
阪本博子（さかもと　ひろこ）
1949年　大阪府生まれ
1998年　「作風」入会
2006年　『石の記憶』上梓
「作風」同人
大阪歌人クラブ会員

作風叢書第159篇

歌集　坂の途中に

2022年 8月15日初版発行

著　者　阪本博子
　　　　大阪府泉南郡熊取町山の手台２丁目13-15（〒590-0452）

発行者　田村雅之

発行所　砂子屋書房
　　　　東京都千代田区内神田３－４－７（〒101-0047）
　　　　電話　03-3256-4708　振替　00130-2-97631
　　　　URL　http://www.sunagoya.com

組　版　はあどわあく

印　刷　長野印刷商工株式会社

製　本　渋谷文泉閣